第一次王国 ②
吃不完的草莓节

〔日〕东条桑/文
〔日〕立本伦子/图
周龙梅/译

我要举办一次
闻所未闻
的草莓节。

深圳出版社

版权登记号　图字：19-2022-015 号

HAJIMETE OUKOKU Vol.2
Text by Tojo-san
Illustrations by Michiko TACHIMOTO
© 2019 colobockle, Tojo-san
All rights reserved.
Original Japanese edition published by SHOGAKUKAN.
Chinese (in simplified characters) translation rights in China (excluding Hong Kong, Macao and Taiwan) arranged with SHOGAKUKAN through Shanghai Viz Communication Inc.

原版问题作成 / 小泽博则（浜学园）　原版设计 / 植草可纯 前田步来（APRON）　原版音乐合作 /GAKU

原版校正 / 日本历史子　日本语监修 / 小学馆国语辞典编集部

图书在版编目（CIP）数据

吃不完的草莓节 /（日）东条桑文；（日）立本伦子
图；周龙梅译 . -- 深圳：深圳出版社，2024.1
（第一次王国）
ISBN 978-7-5507-3696-2

Ⅰ . ①吃… Ⅱ . ①东… ②立… ③周… Ⅲ . ①儿童故
事 - 图画故事 - 日本 - 现代 Ⅳ . ① I313.85

中国版本图书馆 CIP 数据核字 (2022) 第 211108 号

第一次王国❷
吃不完的草莓节
CHI BU WAN DE CAOMEI JIE

出 品 人　聂雄前
责任编辑　吴一帆
责任技编　陈洁霞
责任校对　万妮霞
装帧设计　心呈文化

出版发行　深圳出版社
地　　址　深圳市彩田南路海天综合大厦（518033）
网　　址　www.htph.com.cn
订购电话　0755-83460239（邮购、团购）
排版制作　深圳市心呈文化设计有限公司
印　　刷　中华商务联合印刷（广东）有限公司
开　　本　787mm×1092mm　1/16
印　　张　5.25
字　　数　60 千字
印　　数　1-4000 册
版　　次　2024 年 1 月第 1 版
印　　次　2024 年 1 月第 1 次
定　　价　35.00 元

人物介绍

国王

第一次王国的国王。
最喜欢尝试"第一次"，
合想出各种"第一次"的事情来为难别人。
擅长解读古文字。

小橘

第一次王国里最棒的指挥。
不知道怎么拒绝大家委托的事情，
这让他很苦恼。
不过最近买了一本可以上锁的日记。

小绿

有拉小提琴的天赋。
很怕麻烦，但如果是为了捉弄别人，
就合跃跃欲试。
特异功能是装睡。

？？？

很合吹长笛。
喜欢可爱的东西，
也喜欢做开心的事情。
朋友很多，总是很忙。

huān yíng guāng lín dì yī cì wáng guó
欢迎光临第一次王国。

zuì xǐ huan cháng shì gè zhǒng dì yī cì de guó wáng
最喜欢尝试各种"第一次"的国王

tǒng zhì zhe zhè ge guó jiā
统治着这个国家。

suǒ yǒu "dì yī cì" de shì qing
所有"第一次"的事情,

guó wáng dōu xiǎng tiǎo zhàn yí xià
国王都想挑战一下。

yì xiǎng dào hái méi yǒu pá guo shù
一想到还没有爬过树,

guó wáng jiù yuè yuè yù shì
国王就跃跃欲试。

bié shuō shù mù le
别说树木了,

jiù shì tǎ dǐng chéng bǎo de qiáng bì
就是塔顶、城堡的墙壁,

guó wáng jiàn dào shén me
国王见到什么,

dōu huì wǎng shàng pá
都会往上爬。

<ruby>每 měi</ruby> <ruby>次 cì</ruby> <ruby>臣 chén</ruby> <ruby>下 xià</ruby> <ruby>们 men</ruby> <ruby>都 dōu</ruby> <ruby>要 yào</ruby> <ruby>搭 dā</ruby> <ruby>着 zhe</ruby> <ruby>梯 tī</ruby> <ruby>子 zi</ruby> ，
每次臣下们都要搭着梯子，
去救爬不下来的国王，
大家都吃尽了
苦头。

所以，当国王说

"我想举办一个'闻所未闻'的
收集了很多很多草莓的节日，
也就是说，我想举办一个草莓节！"

的时候，臣下们心里都七上八下，
不知道会发生什么样的事情。

^{yú shì} 于是，^{chén xià men jiù qǐng wáng guó lǐ zuì}臣下们就请王国里最^{yǒu kě néng jǔ bàn hǎo cǎo méi jié de rén lái}有可能举办好草莓节的人来^{zuò zhǔn bèi}做准备。

"^{kě ài bù kě ài}可爱不可爱？

^{zhè shì hú dié hǎo kě ài}这是蝴蝶！好可爱。"

^{nà shì yí gè yī fu hé mào zi}那是一个衣服和帽子^{dōu shì hóng sè de rén}都是红色的人，

^{tā zhèng zài gěi cǎo méi fēn lèi ne}他正在给草莓分类呢。

^{zhǎo yi zhǎo yī fu hé mào}找一找，衣服和帽^{zi dōu shì hóng sè de rén}子都是红色的人

6

快来找找看，8个♪星星音符在哪里？

wèi le míng tiān néng jǔ bàn yí gè kě ài mèng huàn de
为了明天能举办一个可爱梦幻的

cǎo méi jié
草莓节，

chuān le yì shēn hóng sè yī fu de xiǎo hóng
穿了一身红色衣服的小红

zhèng zài bù zhì huì chǎng
正在布置会场。

kuài lái kàn   kuài lái kàn
"快来看，快来看！

rǔ bái de hé xiān hóng de cǎo méi bǎi hǎo la
乳白的和鲜红的草莓摆好啦。

Very cute！"

very是"很，非常"的意思，
cute是"可爱，漂亮"的意思。

^{zhè yì biān}
这一边，

^{chuān jú hóng sè yī fu de xiǎo jú hǎo xiàng hěn máng}
穿橘红色衣服的小橘好像很忙

^{de yàng zi} ^{tā zhèng zài gěi xiǎo hóng bāng máng ne}
的样子，他正在给小红帮忙呢。

^{bǎ zhè zhāng zhuō zi bān guò lái}
"把这张桌子搬过来，

^{zài bǎ mén kǒu de xiāng zi bān guò lái}
再把门口的箱子搬过来，

^{rán hòu}
然后……"

^{hái} ^{yǒu} ^{chuān} ^{cǎo} ^{lǜ} ^{sè} ^{yī} ^{fu} ^{de} ^{xiǎo} ^{lǜ}
还有穿草绿色衣服的小绿。

^{xiǎo} ^{lǜ} ^{lā} ^{wán} ^{huáng} ^{jīn} ^{xiǎo} ^{tí} ^{qín}
小绿拉完黄金小提琴，

^{yì} ^{biān} ^{zhuā} ^{qǐ} ^{zhuō} ^{shàng} ^{de} ^{cǎo} ^{méi} ^{wǎng} ^{zuǐ} ^{lǐ} ^{sāi}
一边抓起桌上的草莓往嘴里塞，

^{yì} ^{biān} ^{còu} ^{dào} ^{xiǎo} ^{hóng} ^{shēn} ^{páng}
一边凑到小红身旁。

^{wǒ} ^{hái} ^{yǐ} ^{wéi} ^{nǐ} ^{shì} ^{lái} ^{bāng} ^{máng} ^{de} ^{ne}
"我还以为你是来帮忙的呢。"

^{wǒ} ^{ya} ^{wǒ} ^{shì} ^{lái} ^{tōu} ^{chī} ^{de}
"我呀，我是来偷吃的。"

“这些草莓非常可爱，
的确想尝一尝。”

说着，小红也往嘴里放了一颗。

小橘连忙制止他们，说道：

“再吃就没有了哟。

好啦，剩下的收尾工作留着明天

再做吧。”

说完，大家关了灯，

都离开了大厅。

这天夜里，
大厅的门悄悄开了。
一个黑影闪了进来，

这边转转，

那边转转。

悄悄地，
黑影把手伸向草莓……

dì èr tiān zǎo shang
第二天早上，

dà jiā dǎ kāi dà tīng de mén yí kàn
大家打开大厅的门一看，

nà me duō cǎo méi
那么多草莓，

quán dōu bú jiàn le
全都不见了！

bù hǎo le
"不好了！

cǎo méi bú jiàn le
草莓……不见了！！"

大家惊慌失措地去找草莓。

桌子下面，椅子下面，

隔壁房间，厨房里面，园子里面，

阁楼上面，到处都找遍了，

可还是找不到草莓。

15

“<ruby>不<rt>bú</rt></ruby><ruby>会<rt>huì</rt></ruby><ruby>是<rt>shì</rt></ruby><ruby>小<rt>xiǎo</rt></ruby><ruby>绿<rt>lǜ</rt></ruby><ruby>吃<rt>chī</rt></ruby><ruby>了<rt>le</rt></ruby><ruby>吧<rt>ba</rt></ruby>？”

<ruby>小<rt>xiǎo</rt></ruby><ruby>红<rt>hóng</rt></ruby><ruby>看<rt>kàn</rt></ruby><ruby>了<rt>le</rt></ruby><ruby>看<rt>kàn</rt></ruby><ruby>小<rt>xiǎo</rt></ruby><ruby>绿<rt>lǜ</rt></ruby>。

“<ruby>我<rt>wǒ</rt></ruby><ruby>昨<rt>zuó</rt></ruby><ruby>晚<rt>wǎn</rt></ruby><ruby>在<rt>zài</rt></ruby><ruby>家<rt>jiā</rt></ruby><ruby>里<rt>lǐ</rt></ruby><ruby>拉<rt>lā</rt></ruby><ruby>小<rt>xiǎo</rt></ruby><ruby>提<rt>tí</rt></ruby><ruby>琴<rt>qín</rt></ruby><ruby>呢<rt>ne</rt></ruby>，

<ruby>而<rt>ér</rt></ruby><ruby>且<rt>qiě</rt></ruby><ruby>我<rt>wǒ</rt></ruby><ruby>已<rt>yǐ</rt></ruby><ruby>经<rt>jīng</rt></ruby><ruby>吃<rt>chī</rt></ruby><ruby>够<rt>gòu</rt></ruby><ruby>了<rt>le</rt></ruby>。

<ruby>不<rt>bú</rt></ruby><ruby>过<rt>guò</rt></ruby>，<ruby>小<rt>xiǎo</rt></ruby><ruby>橘<rt>jú</rt></ruby><ruby>好<rt>hǎo</rt></ruby><ruby>像<rt>xiàng</rt></ruby><ruby>一<rt>yí</rt></ruby><ruby>个<rt>gè</rt></ruby><ruby>也<rt>yě</rt></ruby><ruby>没<rt>méi</rt></ruby><ruby>有<rt>yǒu</rt></ruby><ruby>吃<rt>chī</rt></ruby>。”

<ruby>小<rt>xiǎo</rt></ruby><ruby>绿<rt>lǜ</rt></ruby><ruby>看<rt>kàn</rt></ruby><ruby>了<rt>le</rt></ruby><ruby>看<rt>kàn</rt></ruby><ruby>小<rt>xiǎo</rt></ruby><ruby>橘<rt>jú</rt></ruby>。

“那么多草莓，
按理说一个人是吃不完的。
而且，相比之下，
我更喜欢吃橘子。”

“是的，是的。
不会是小绿，
也不会是小橘。”
小红无奈地点了点头。

kàn dào dà jiā dōu mèn mèn bú lè
看到大家都闷闷不乐，

xiǎo lǜ lā qǐ le xiǎo tí qín
小绿拉起了小提琴。

yào bù rán jiù fàng qì
"要不然就放弃？

huò xǔ jīn tiān xiān lái kāi gè xiǎo tí qín yīn yuè huì
或许，今天先来开个小提琴音乐会。"

xiǎo lǜ dà da liē liē de shuō
小绿大大咧咧地说。

18

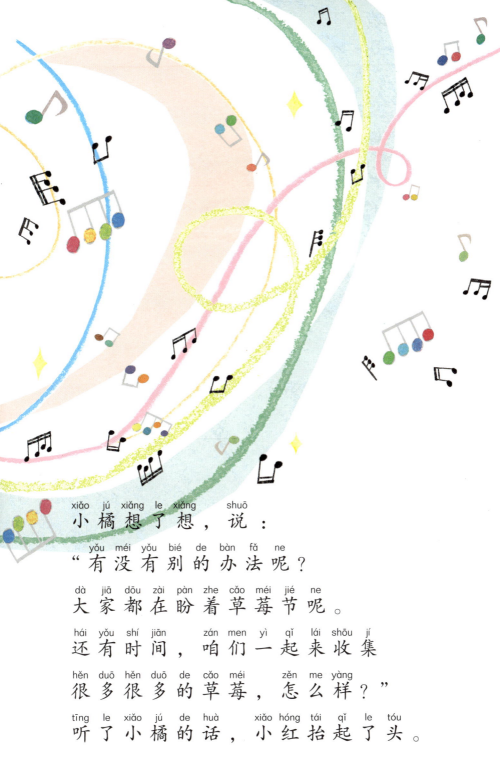

xiǎo jú xiǎng le xiǎng　　shuō
小橘想了想，说：

yǒu méi yǒu bié de bàn fǎ ne
"有没有别的办法呢？

dà jiā dōu zài pàn zhe cǎo méi jié ne
大家都在盼着草莓节呢。

hái yǒu shí jiān　　zán men yì qǐ lái shōu jí
还有时间，咱们一起来收集

hěn duō hěn duō de cǎo méi　　zěn me yàng
很多很多的草莓，怎么样？"

tīng le xiǎo jú de huà　　xiǎo hóng tái qǐ le tóu
听了小橘的话，小红抬起了头。

xiǎo hóng lái dào shuǐ guǒ tān
小 红 来 到 水 果 摊 。

mài shuǐ guǒ de ā yí yí hàn de shuō
卖 水 果 的 阿 姨 遗 憾 地 说 ：

cǎo méi quán dōu ná dào chéng bǎo lǐ qù le zhè lǐ zhǐ shèng
"草 莓 全 都 拿 到 城 堡 里 去 了 ， 这 里 只 剩

xià yì xiē bèi yā làn mài bù chū qù de cǎo méi
下 一 些 被 压 烂 卖 不 出 去 的 草 莓 。"

zhǐ yǒu zhè xiē yě bú gòu ya
"只 有 这 些 也 不 够 呀 。"

xiǎo hóng xiè qì le
小 红 泄 气 了 ，

zhǐ hǎo ná le xiē bèi yā làn de cǎo méi huí lái
只 好 拿 了 些 被 压 烂 的 草 莓 回 来 。

xiǎo lǜ lái dào yán jiū suǒ
小绿来到研究所。

nǐ shì xiǎng wèn guān yú cǎo méi de yán jiū ma
"你是想问关于草莓的研究吗？

rú guǒ shì tè yì pǐn zhǒng de cǎo méi　　dào shì yǒu yì kē
如果是特异品种的草莓，倒是有一颗。

nà
那……"

yì kē kěn dìng shì bú gòu de
"一颗肯定是不够的。"

xiǎo lǜ hái méi tīng wán yán jiū yuán de huà　　jiù huí lái le
小绿还没听完研究员的话，就回来了。

^{xiǎo jú pǎo dào cǎo méi tián lǐ zhǎo le qǐ lái}
小橘跑到草莓田里找了起来。

^{cǎo méi tián hǎo dà ya}
"草莓田好大呀,

^{yào zǎi xì zhǎo cái néng zhǎo dào}
要仔细找才能找到。"

huà yi huà， yí cì jiù néng zǒu
画 一 画，一 次 就 能 走
biàn cǎo méi tián de lù xiàn
遍 草 莓 田 的 路 线

快来找找看，8个 ♪ 星星音符在哪里？

zhěng gè cǎo méi tián dōu zhǎo biàn le
整个草莓田都找遍了，

dàn dōu shì lù lù de cǎo méi　hái bù néng chī
但都是绿绿的草莓，还不能吃。

走遍草莓田
的各种方法。

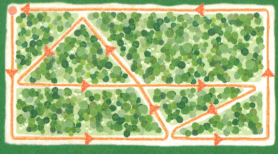

"只有这么一点点，
根本不够哇。"

小橘哭丧着脸，回到了城堡。

"找不到那么多草莓，草莓节要停办了……"

小红的声音带着哭腔。

"国王说：'这是第一次草莓节呀……'，为此一直吵到半夜呢。"

小绿躺在沙发上说。

xiǎo jú tóng qíng de shuō
小橘同情地说：

guó wáng tīng shuō cǎo méi dōu bú jiàn le
"国王听说草莓都不见了，
hǎo xiàng tǎng zài chuáng shàng pá bù qǐ lái le
好像躺在床上爬不起来了。"

xiǎo hóng duì xiǎo jú shuō
小红对小橘说：

hái shi yīng gāi xiǎng xiang bàn fǎ
"还是应该想想办法，
bāng bang guó wáng nǐ néng bù néng
帮帮国王。你能不能
xiǎng chū shén me hǎo bàn fǎ lái
想出什么好办法来？"

nà ràng wǒ men lái zǒng jié yí xià
"那让我们来总结一下，
kàn kan dà jiā dōu dǎ tàn dào shén me
看看大家都打探到什么
qíng kuàng
情况。"

cǎo méi tián lǐ lián yì
"草莓田里连一

kē chéng shú de cǎo méi
颗成熟的草莓

dōu méi yǒu
都没有。"

yán jiū suǒ lǐ zhǐ yǒu yì
"研究所里只有一

kē cǎo méi   ná lái bàn cǎo
颗草莓，拿来办草

méi jié kěn dìng bú gòu
莓节肯定不够。"

shuǐ guǒ tān de cǎo méi dōu
"水果摊的草莓都

shì yā làn le de   bú guò
是压烂了的。不过

wèi dào dào shì bú cuò   hěn
味道倒是不错，很

kě xī
可惜。"

“就用那些草莓！！”
小橘兴奋地站起来。

“什么意思呀？”
小红问道。

“你先别问了，跟我来吧。”
“我很怕麻烦，我不去。”
“走吧，小绿也要去。”
小橘把小绿拽了起来。

chú fáng lǐ shèng xià hěn duō bèi yā làn le de bù kě
厨房里剩下很多被压烂了的"不可

ài de cǎo méi
爱"的草莓。

zhè xiē shì dǎ suàn zuò chéng cǎo méi guǒ jiàng de
"这些是打算做成草莓果酱的……"

tīng xiǎo hóng zhè me shuō xiǎo jú diǎn le diǎn tóu
听小红这么说，小橘点了点头，

bǎ cǎo méi yā de gèng suì le
把草莓压得更碎了。

zhè shí sì zhōu piāo yì zhe cǎo méi de tián xiāng
这时，四周飘溢着草莓的甜香。

30

"你是不是要用这些草莓来做料理呀?"

"猜对了!把草莓都捣碎,看上去就没问题了。"

小红听了,就和小橘一起,开始迅速捣碎草莓。

“既然这样，不如向草莓的极致料理发起挑战。”

小绿在角落里忙活起来。

bǎ dàn gāo qiē chéng
把 蛋 糕 切 成
xiāng tóng de xíng zhuàng
相 同 的 形 状

zhè shí zài xiǎo lǜ páng biān
这 时 ， 在 小 绿 旁 边

de xiǎo hóng yì chóu mò zhǎn de yàng zi
的 小 红 一 筹 莫 展 的 样 子 。

"ài cǎo méi dàn gāo biàn de guài mú guài
"唉 ， 草 莓 蛋 糕 变 得 怪 模 怪

yàng wǒ běn lái xiǎng zuò liǎng gè tóng yàng
样 。 我 本 来 想 做 两 个 同 样

xíng zhuàng de dàn gāo kě shì
形 状 的 蛋 糕 。 可 是 ……"

nà jiù qiē chéng liǎng gè cǎo méi de xíng zhuàng
"那就切成两个草莓的形状。"

xiǎo jú shuō zhe　　bǎ dàn gāo qiē kāi le
小橘说着，把蛋糕切开了。

zhēn bàng　　zhēn de qiē chéng le cǎo méi de xíng zhuàng
"真棒！真的切成了草莓的形状。"

xiǎo hóng bǎ dàn gāo fēn zhuāng zài liǎng gè pán zi lǐ
小红把蛋糕分装在两个盘子里。

hóng sè táng jiāng lín zài zhè lǐ
"红色糖浆淋在这里，

zài bǎi shàng bò he yè zi zuò diǎn zhuì
再摆上薄荷叶子做点缀。"

bú guò　　　táng jiāng yào shi nòng chéng xīn xíng de
"不过，糖浆要是弄成心形的，

huì bú huì gèng kě ài ne
会不会更可爱呢？"

jīng guò xiǎo hóng de zhuāng shì　　zhōng yú biàn chéng le
经过小红的装饰，终于变成了

hěn kě ài de cǎo méi dàn gāo
很可爱的草莓蛋糕。

guò le yí huìr
过了一会儿，

zhèn shàng de rén dōu lái dào le chéng bǎo
镇上的人都来到了城堡。

cǎo méi jié jiù yào kāi shǐ le
草莓节就要开始了。

35

dà tīng lǐ bǎi zhe hěn duō hěn duō hǎo chī de dōng xi
大厅里摆着很多很多好吃的东西。

fēi cháng kě ài   fēi cháng hǎo chī de cǎo méi tián diǎn
"非常可爱、非常好吃的草莓甜点，

qǐng xiǎng yòng ba
请享用吧。"

cǎo méi guǒ dòng   cǎo méi dàn gāo
草莓果冻、草莓蛋糕、
cǎo méi dàn tà   cǎo méi bīng jī líng
草莓蛋挞、草莓冰激凌、
cǎo méi tián tián quān   cǎo méi táng shuǐ
草莓甜甜圈、草莓糖水，
hái yǒu dà ren hē de cǎo méi jiǔ
还有大人喝的草莓酒。

快来找找看，8个♪星星音符在哪里？

dà tīng de jiǎo luò lǐ
大厅的角落里，

zhī qǐ le yí gè dà dà de zhàng peng
支起了一个大大的帐篷，

mén kǒu lì zhe hēi àn cǎo méi zhàng peng de pái zi
门口立着"黑暗草莓帐篷"的牌子。

xiǎo lǜ zhèng zhàn zài zhàng peng qián miàn xiě cài dān ne
小绿正站在帐篷前面写菜单呢。

"黑暗草莓帐篷，
好像很有意思！"

"草莓意大利面、草莓饺子、草莓黄金牛扒盖浇饭，还有草莓浇汁油炸闪光鱼。"

小绿介绍着他的"黑暗草莓料理"，都是没有听说过的充满谜团的料理。

"从来没见过这样的菜品。"

"真不愧是国王举办的草莓节。"

fēng yōng ér lái de rén men
蜂拥而来的人们
pǐn cháng zhe gè shì gè yàng de cǎo méi
品尝着各式各样的草莓
liào lǐ
料理。

就在这时，
国王也满心欢喜地来到草莓节，
对着现场的人们说道：
"大家吃个痛快吧！"

小红和小橘望着国王和来宾，
脸上终于露出了笑容。
"太好了！国王又恢复了精神。"

wǒ men bàn chéng le yí gè yú kuài de cǎo méi jié
"我们办成了一个愉快的草莓节。"

zhè shí xiǎo hóng dōng zhāng xī wàng de zài zhǎo shén me
这时，小红东张西望地在找什么。

nà ge
"那个……

wǒ jiā lǐ yǒu yí gè huà zhe cǎo méi de xiāng zi
我家里有一个画着草莓的箱子，

yě xǔ gēn cǎo méi yǒu shén me guān xì
也许跟草莓有什么关系。

wǒ bǎ tā dài lái le
我把它带来了。"

zhè shì shén me ya xiǎo jú wèn
"这是什么呀？"小橘问。

hěn jiǔ yǐ qián jiù yǒu de xiāng zi
"很久以前就有的箱子。

wǒ bù zhī dào zěn me dǎ kāi
我不知道怎么打开，

jiù yì zhí shōu cáng zhe
就一直收藏着。"

算一算
草莓的数量

"我看看，我看看。"

国王迫不及待地凑过来。

"瓶子里的果汁是用图中的

草莓制作的。

一半是鲜红的草莓，

三分之一是粉红的草莓。

按下每种草莓的数量

和消失了的草莓的数量。"

"这是很早以前

的古文字。"

"太旧了，颜色

都看不出来了。"

“不怕不怕。先从能看懂的部分开始算。

三分之一

就是平均分成三部分中的一份。

也就是说，平均分成三份。”

“但是，五颗草莓不能平均分成三份，也不能对半分。”

平均分成3份

对半分

消失的草莓

剩余的

剩余的

“的确，平均分成三份，会剩下一颗草莓。”

“不对哟，国王！草莓不是多出来了，而是不够。因为有'消失了的草莓'，所以不够分了。”

"小红，你把<u>草莓饼干放上去</u>。

摆上<u>这个</u>，咱们再来想一想。

现在，<u>对半分就是每份三颗</u>草莓。

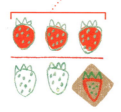 

<u>平均分成三份</u>，就是每份两颗

草莓。<u>三颗</u>加上<u>两颗</u>，就和画面

中草莓的数量一样了——五颗。"

小橘口齿伶俐地解释了一遍。

“哎哟。那刚才的五颗为什么分不了呢？”

小绿一脸疑惑地问。

鲜红的草莓

粉红的草莓

“因为增加了一颗，所以才能平均分。不过，随便增加能行吗？”

国王有点儿不放心。

zhì zuò guǒ zhī de cái liào
“制 作 果 汁 的 材 料 ，

bìng bú shì wǔ kē yo
并 不 是 五 颗 哟 。

xiāo shī le de cǎo méi yě shì qí zhōng yí bù fen
‘消 失 了 的 草 莓 ’， 也 是 其 中 一 部 分 。

xiān hóng de cǎo méi shì guǒ zhī de yí bàn
鲜 红 的 草 莓 是 ‘ 果 汁 的 一 半 ’。

fěn hóng de cǎo méi shì guǒ zhī de sān fēn zhī yī
粉 红 的 草 莓 是 ‘ 果 汁 的 三 分 之 一 ’，

liǎng zhǒng jiā qǐ lái hái quē yì diǎnr
两 种 加 起 来 ， 还 缺 一 点 儿 。

nà jiù shì xiāo shī le de cǎo méi
那 就 是 ‘ 消 失 了 的 草 莓 ’。”

"原来'消失了的草莓'是增加的那块饼干呀。"小绿把饼干丢进嘴里，"咔嚓咔嚓"地吃了下去。"所以，三颗鲜红的草莓、两颗粉红的草莓，再加上一颗消失了的草莓，就是答案。"

国王解开了谜团，好高兴的样子。

小红慢慢地按下"3，2，1"，

只听"咔嗒"一声……

xiāng zi lǐ yì chū yào yǎn de guāng máng
箱子里溢出耀眼的光芒。

yuán lái xiāng zi lǐ zhuāng zhe yì zhī
原来箱子里装着一支

huáng jīn cháng dí
黄金长笛。

hǎo piào liang a
"好漂亮啊！"

51

xiǎo hóng chuī qǐ cháng dí
小 红 吹 起 长 笛 ，

cháng dí piāo yáng chū yōu měi dòng tīng de yuè qǔ
长 笛 飘 扬 出 优 美 动 听 的 乐 曲 。

lái wǒ men hé zòu yì zhī cǎo méi
"来 ， 我 们 合 奏 一 支 《草 莓

yuán wǔ qǔ ba
圆 舞 曲 》 吧 。"

xiǎo lǜ yāo qǐng xiǎo hóng hé xiǎo jú
小 绿 邀 请 小 红 和 小 橘 。

yuán lái　　　zhè sān gè rén shì yīn yuè xué xiào de tóng xué
原 来 ， 这 三 个 人 是 音 乐 学 校 的 同 学 。

xiǎo hóng chuī cháng dí　　xiǎo jú zhǐ huī
小 红 吹 长 笛 ， 小 橘 指 挥 ，

xiǎo lǜ lā xiǎo tí qín
小 绿 拉 小 提 琴 。

ràng rén xiǎng yào piān piān qǐ wǔ de yōu měi yuè qǔ huí xiǎng
让 人 想 要 翩 翩 起 舞 的 优 美 乐 曲 回 响

zài zhěng gè dà tīng
在 整 个 大 厅 。

yǎn zòu wán bì,
演奏完毕，

xiǎo jú wèi xiǎo hóng hé xiǎo lù duān lái le sàn fā zhe
小橘为小红和小绿端来了散发着

tián xiāng de cǎo méi chá
甜香的草莓茶。

"xiè xie。 jīn tiān zǎo shang wǒ hǎo dān xīn， bù
"谢谢。今天早上我好担心，不

zhī dào cǎo méi jié huì zěn me yàng
知道草莓节会怎么样。"

"zǒng suàn shì bàn wán le， tài hǎo le。
"总算是办完了，太好了。"

xiǎo hóng xiǎo shēng shuō： dàn shì nà xiē kě ài de
小红小声说："但是那些可爱的

cǎo méi， dào dǐ qù nǎ lǐ le ne
草莓，到底去哪里了呢？"

"cǎo méi……"
"草莓……"

"ài……"
"唉……"

54

xiǎo jú qiāo qiāo shuō
小橘悄悄说：

zuó tiān yè lǐ
“昨天夜里，

wǒ bǎ mào zi wàng zài dà tīng le jiù fǎn huí lái qǔ
我把帽子忘在大厅了，就返回来取。

lí kāi dà tīng de shí hou
离开大厅的时候，

wǒ jué de mén páng biān hǎo xiàng yǒu rén
我觉得门旁边好像有人……”

nà rén zhǎng shén me
“那人长什么

yàng zi
样子？”

lí de yǒu diǎnr yuǎn ér qiě hěn àn wǒ kàn bù qīng
“离得有点儿远，而且很暗，我看不清，

bú guò nà rén hǎo xiàng dài zhe yì dǐng shǎn guāng de mào zi chuān
不过那人好像戴着一顶闪光的帽子，穿

zhe jiān jiān de xié zi
着尖尖的鞋子。”

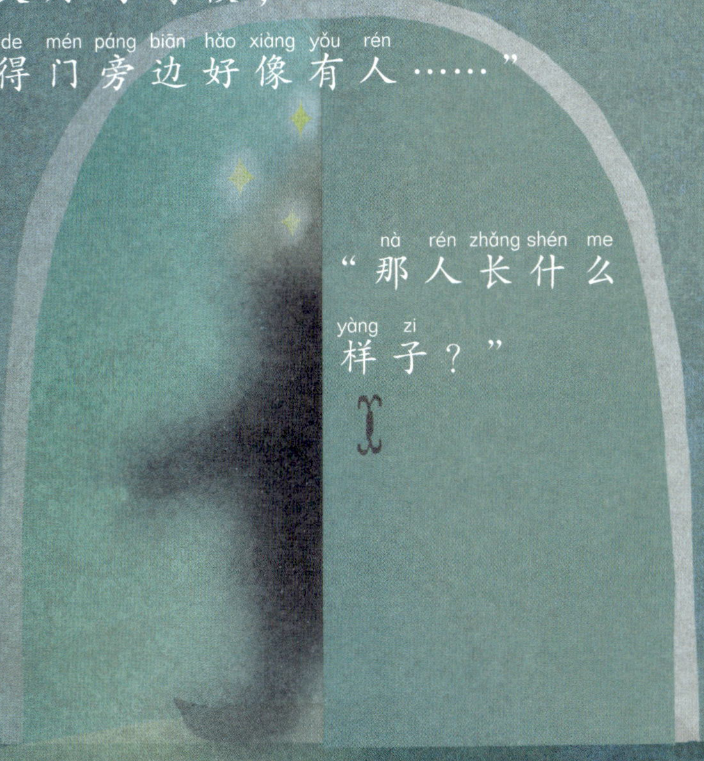

^{shǎn guāng de mào zi} ^{jiān jiān de xié zi}
"闪光的帽子，尖尖的鞋子。
^{zhè lǐ yǒu gè rén shì zhè yàng de yo}
这里有5个人是这样的哟。"

^{zhǎo yi zhǎo}
找 一 找

56

快来找找看，8 个 ⭐ 星星音符在哪里？

dài zhe shǎn guāng de mào zi
"戴着闪光的帽子、
chuān zhe jiān jiān de xié zi de rén
穿着尖尖的鞋子的人，
hǎo xiàng yǒu hěn duō
好像有很多。"

zhè lǐ yǒu
"这里有。"

nà lǐ yǒu
"那里有。"

nà biān yě yǒu
"那边也有。"

"你的帽子和鞋子好可爱呀。"

"能被潇洒的小红夸赞，我好高兴啊。这是现在非常流行的打扮。"

"这是很有人气的搭配哟。"

就在这时，研究所的几位研究员出现在大厅门口。

"我们听说今天在举办草莓节，就想着也应该来帮点儿忙，所以把研究所的草莓带来了。"

"只有一颗草莓，对吧？
是很珍奇的品种吗？
那就找个地方摆吧。"

"太好了，请摆上来吧。"
看到研究员们搬来的草莓，
大家都吃了一惊。

原来，那是一颗可以够到大厅天花板的巨大草莓。

"这，这个……"

"这是集结了研究所的技术精华培育出来的草莓，花费了很多心血呢。"

"Ultra big strawberry,
<ruby>意<rt>yì</rt></ruby> <ruby>思<rt>si</rt></ruby> <ruby>是<rt>shì</rt></ruby> <ruby>非<rt>fēi</rt></ruby> <ruby>常<rt>cháng</rt></ruby> <ruby>非<rt>fēi</rt></ruby> <ruby>常<rt>cháng</rt></ruby> <ruby>大<rt>dà</rt></ruby>
<ruby>的<rt>de</rt></ruby> <ruby>草<rt>cǎo</rt></ruby> <ruby>莓<rt>méi</rt></ruby>。"

63

zǎo zhī dào shì zhè me dà de cǎo méi
"早知道是这么大的草莓， zhǐ yào yǒu yì
只要有一

kē jiù zú gòu bàn cǎo méi jié le xiǎo lǜ shuō
颗就足够办草莓节了。"小绿说。

yán jiū yuán xīng fèn de jiē zhe shuō shì ya yīn wèi guó
研究员兴奋地接着说："是呀，因为国

wáng zhǔ fù wǒ men yào yán jiū chū dà jiā dōu dì yī cì kàn
王嘱咐我们要研究出大家都第一次看

dào de xīn pǐn zhǒng suǒ yǐ wǒ men cái péi yù de
到的新品种，所以我们才培育的。"

“香甜美味，可是这么大，没办法
吃，我们也不知道用来做什么好。
幸亏拿到这里来了，就摆在派对
上吧。”

研究员们放下草莓，离开了大厅。

zhè shí   guó wáng ná zhe cǎo méi táng shuǐ zǒu guò lái le
这时，国王拿着草莓糖水走过来了。

zhè me dà de cǎo méi
"这么大的草莓，

wǒ hái shi dì yī cì kàn dào ne
我还是第一次看到呢！"

66

"不过，我已经吃了很多了，得休息一下。"

"国王，您要不要尝尝用草莓做的料理？都很好吃的，特别是'黑暗草莓帐篷'里的草莓浇汁油炸闪光鱼。我们都是第一次吃，好激动哟。"

小橘笑了一下，又看了看派对现场。

"人真多呀。"

"这个派对里的人，

看上去好像个个都很可疑。"

"国王您觉得会是谁呢？"

"什么会是谁？"

国王暂停喝草莓糖水，
看着小红。

"就是昨晚把已经准备
好了的非常可爱的草莓，
全都偷走的那个人。"

"准备好了的草莓？"

"是呀，今天早上草莓全都
不见了。"

"你是说昨天的草莓？
那是'深夜鲜草莓节'吧！
今天的'草莓料理节'
不错。不过在黑暗中品尝不同品种
的草莓，也是很棒的想法，
我很开心，
吃了很多哟。
不知道当时还有
没有其他人在场，
现场太黑，
我没发觉。"

草莓料理节

听完国王的话，

小橘、小绿和小红都愣住了。

"原来国王大人早上没有

起来，不是因为草莓节

取消了而感到难过呀……"

“因为我实在是
吃得太饱了，
早上躺在床上
根本动不了。”

国王头顶上戴的是闪光的王冠，
脚上穿的是一双尖尖的鞋子。

^{pài}派 ^{duì}对 ^{xiàn}现 ^{chǎng}场 ^{de}的 5 ^{gè}个 ^{rén}人 ^{hé}和 ^{guó}国 ^{wáng}王，

^{dōu}都 ^{dài}戴 ^{zhe}着 ^{shǎn}闪 ^{guāng}光 ^{de}的 ^{mào}帽 ^{zi}子，^{chuān}穿 ^{zhe}着 ^{jiān}尖 ^{jiān}尖 ^{de}的 ^{xié}鞋 ^{zi}子。

^{xiǎo}小 ^{jú}橘 ^{nǔ}努 ^{lì}力 ^{huí}回 ^{xiǎng}想 ^{zuó}昨 ^{tiān}天 ^{yè}夜 ^{lǐ}里 ^{kàn}看 ^{dào}到 ^{de}的 ^{yǐng}影 ^{zi}子。

^{nǎ}哪 ^{ge}个 ^{yǐng}影 ^{zi}子 ^{hé}和 ^{xiǎo}小 ^{jú}橘 ^{kàn}看 ^{dào}到
^{de}的 ^{yǐng}影 ^{zi}子 ^{xíng}形 ^{zhuàng}状 ^{xiāng}相 ^{tóng}同？

"原来是国王大人把
草莓全都吃掉了呀!"

小橘吃惊地大叫起来。

国王完全不在乎小橘说的话，

反而兴奋得手舞足蹈。

"草莓节实在太多好吃的了，

下次可以举办葡萄节，

也像这次一样，连开两场。

还要有交响乐哦，拜托大家了！"

"拜托，饶了我们吧！"
小橘、小绿和小红的喊声
在第一次王国的天空中回荡。

完

17头骆驼

用5颗草莓做果汁的谜团，你解开了吧？

其实，这来源于"17头骆驼"的问题。

很久很久以前，有位阿拉伯老人去世了，他把17头骆驼作为遗产留给了他的三个儿子。老人在遗嘱中写道："给大儿子一半，给二儿子三分之一，三儿子得九分之一。"可是，17头骆驼没办法按照老人的嘱咐分配。正当三人愁眉不展的时候，一位牵着1头骆驼旅行的数学家听说了他们的遭遇，便说："那就把我的骆驼留下吧。"于是，三人开始分配这18头骆驼。大儿子得到总数的二分之一，即9头；二儿子得到总数的三分之一，即6头；三儿子得到总数的九分之一，即2头；最后还多出来1头骆驼。这时，旅行的数学家牵着那头骆驼离开了。

17头骆驼分不了，但增加1头就可以分了，而且最后还多出来1头。是不是很不可思议？仔细想一想，本书中草莓的问题也是这么解决的。

关于草莓的三个小知识

◉草莓饺子

乌克兰饺子是草莓饺子的原型。皮很厚，黏黏的，是一种浇上满满的奶油、酸酸甜甜的、很有人气的水果馅饺子。

◉收获草莓的季节

草莓一般在春季和夏季成熟。不过，由于栽培方法的更新，培育出了新品种，现在几乎全年都可以收获草莓。

◉随时可以吃到的草莓

大部分品种的草莓都很柔软，无法长时间运输、储存。所以，"随时可以吃到的草莓"一般都是在居住地附近种植的。不过，"栃木少女""弥生姬""甜王"不容易被压碎，是在日本各地都能吃到的人气品种。

目前在日本，大家吃到的草莓主要是由来自南美大陆的两个品种栽培的。

草莓圆舞曲

小红/词　小橘/曲

谁 也 不会 知道　让我来讲　给　你听听

鲜红的 小草莓 呀　才是故事　真　正 的主 角

小小的 草　莓 小小的一 颗　一 颗

美味草莓小小 的　真 好 吃啊　美味草莓小小 的

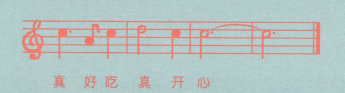

真 好 吃真 开 心

音符捉迷藏
的答案。

第6~7页

第22~23页

第36~37页

第56~57页